完美画室

第五工作室

半身带手人像临摹范本

≫ 半身带手人像的画法

半身人像表现的是头和上肢躯体，作画步骤和方法与头像写生大致相同，只不过表现范围和内容扩大了。有时为了烘托人物性格，增添画面气氛，还需画上所处环境的器物，构图要求也更完整。

半身带手人像不仅仅依赖面部表情来反映人的精神面貌，还应通过头、颈、上肢躯体的形体特征和动态来表现。不同对象由于生活习性不一样，动作姿态各不相同，作画时应选择相应角度，抓住最能体现人物性格的动态特征。

一、人体结构认识

人体作为视觉艺术的客体，通过极其丰富的造型元素之间不同的排列组合所造就的总体形态来刺激我们的视觉。它在给我们带来无穷无尽的造型体验的同时，又迫使我们去应对许多疑惑和追问，积极探索物态造像成因，寻求观察、理解、表述的理性支持。数百年来，先辈大师们亲历艰辛，探究人体解剖结构的客观存在，为我们留下了丰富宝贵的图典和文献。我们既能从中见到米开朗琪罗、达·芬奇、伦勃朗、阿尔比努斯等诸位大师致力于人体解剖探究的足迹，又能有幸读到解剖学家倾力而著的理论典籍。

研究分析人体构造是为了让我们明晰所见形态的内在成因，为我们再现对象，激发潜在想象力，进而传递审美情趣，提供主客体链接的科学逻辑支持，让我们的观察、理解、表现变得游刃有余，正所谓未雨绸缪。那么该如何面对呢？在这一点上当下存在着不同的心态：既有图解式的，只注重概念不关注现实物象纯理论性被动地接受；也有得过且过地回避物态客观本质，纯感性观物象形。尊重对象才能更好地抒发对对象的感受，理解和认知人体的形体结构，既不能沉迷于呆板的教条主义之中，也不能飘浮于物象的表面。应甄别、梳理客观对象造型本质的因果机缘，带着人体解剖结构理论知识和对概念的理解去观察、分析并在实践中消化，从而形成综合的客观形象意识。没有形态的分析就没有想象与记忆。

中外关于人体解剖结构的书籍很多，这些都是作者经验的总结。如：荷加斯《运动人体画法》、陈丰强《艺用人体结构运动学》、乔治·伯里曼《人体结构绘画教学》、耶诺·布尔乔伊《艺用人体解剖》……当手捧解剖典籍面对实体时，我们时常会找不到这些名词概念所对应的形态实体的客观位置、大小、方向等等，因此有必要深入到具体环境中去寻找这些理论概念的客观存在。

尽管如此，我们面对的是具有如此纷繁的造型元素组合的综合体，那么该如何切入呢？首先，人体造型并非局部的拼凑，而是依照规律进行组合并构造成完整统一的自然体态，因此我们须遵循里外结合、区域分析、整体与局部互动的理解方式。当然，另一方面，前辈大师们通过艰苦卓绝的努力，形成了极为成熟的科学体系，这也为我们提供了前所未有的理论帮助。

人体中有206块骨骼和数十组肌肉，外加皮肤、毛发、指甲等表面组织。许多艺用解剖学者为便于分析认识，把人体形体结构分区域进行概括归纳，将纷繁复杂的客观个体通过梳理、区别、整合，形成逻辑性的有条理的概念，为我们的实践提供了莫大的帮助。如果把人体解剖结构分为躯干、四肢、头部、手、脚等五大区块，这样，我们便能轻而易举地找到切入的目标。对每个区域从骨骼肌肉到皮肤肌理里外结合地去认识分析它们，进而获取各部分形象特征，最终组合形成完整统一的总体构造。当然，躯干、四肢、头部、手、脚五大区块虽能分块分析认知，但它们之间绝非孤立存在，因为它们彼此联系着、关系着、作用着……它们既是人体解剖结构中独立的组成元素，同时各部分之间的相互关系又构筑了人体造型的本质意义。因此，我们根据它们之间的辩证关系来理解和掌握人体解剖结构的认知程序，也是对它们之间关系认识的具体运用。人体中躯干体积最大，位置最重要，其他区块都是通过它相互连接，形成统一的形体关系。所以，许多艺术家通常选择躯干作为切入点，然后向四肢伸展开来……

人体总体比例示意图

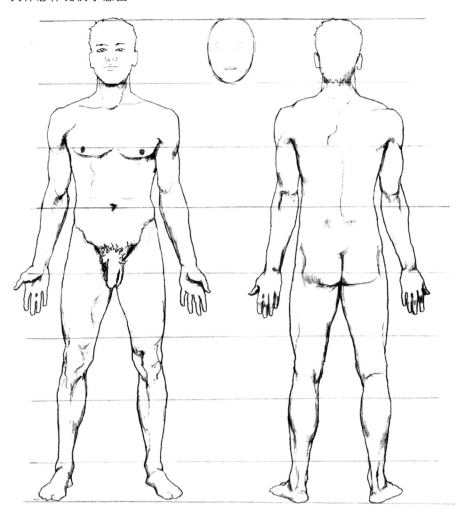

通常是以头部高度为单位简单度量人体比例，以头高为1的话，基本数据为：
身高为7.5 肩宽为2 躯干为3 上臂为1.5 前臂为1 髁宽为1.5 手为0.8 大腿为2 小腿为1.5 脚为1
另外，人体的基本动态比例：站为7.5 坐为5 蹲为3.5

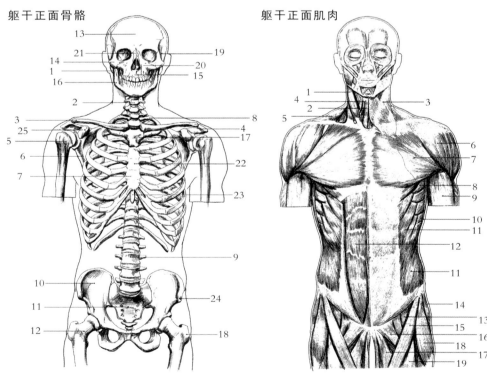

躯干正面骨骼　　　　　　　躯干正面肌肉

躯干正面骨骼：
1.乳突　2.颈椎　3.锁骨　4.肩峰　5.肱骨头　6.肩胛骨　7.胸椎　8.肋骨　9.腰椎　10.髂骨　11.骶骨　12.股骨头　13.额骨　14.颧骨　15.上颌骨　16.下颌骨　17.胸柄　18.大转子　19.颞骨　20.鼻骨　21.眶　22.胸骨　23.剑突　24.髂前上棘　25.喙突

躯干正面肌肉：
1.胸锁乳突肌　2.胸骨舌骨肌　3.颈阔肌　4.肩胛舌骨肌　5.斜方肌　6.三角肌　7.胸肌　8.前锯肌　9.肱二头肌　10.背阔肌　11.腹外斜肌　12.腹直肌　13.耻骨肌　14.阔筋膜张肌　15.缝匠肌　16.长收肌　17.股薄肌　18.股直肌　19.股内肌

二、手的形体结构

画"手"，在历届考试中是各大美术院校经常出现的内容，往往有些考生在应试中头像画得不错，对手的刻画就被逊色了。常言道"画人难画手"，画手的难度要比画头像大，这一点是美术同行的共识。为什么难画呢?相对头部而言，手的骨点要比头部骨点多得多，手有很多可以活动的关节，变化灵活，不易掌握。在手的写生训练中，模特儿手的动态总会有一些改变，休息后不能完全恢复到原来的造型，这就要求我们必须把握手的解剖结构和它的基本活动规律。研究手的画法和掌握整个人体一样，首先要了解手的解剖结构，其次要分析手的结构特征，最后是要掌握手的基本活动规律。当然更重要的是要了解手的形状，以及它动态改变后的透视变化。

在造型艺术中，艺术家们非常重视对人物手部的刻画，并称之为仅次于颜面的"第二表情"。

手主要由手指、手掌、手腕三部分组成。手部姿势的生动有力主要体现于手、腕、前臂的连接及运动方向。在人物画中，手的姿态往往能反映人物的身份、性格和情绪。画好手必须熟悉指、掌、腕的结构及各种造型特点，经常观察手的动态，进行一些局部练习，才能准确生动地表现手的姿态。

人的身体、手臂、腰腹运动所造成的形体姿态比较复杂，初学者应学习人体解剖知识，了解人体形体结构比例，掌握运动变化规律。作画时做到"心中有数"，才能准确地把握对象。

服饰是人物形象不可缺少的部分，衣服褶纹随着人体运动发生变化。一般情况下，肩、胸是人体的突出部位，衣服紧贴着身体，褶纹比较少；腰、腹、腋下的衣服在身体伸展和扭动时，衣褶比较多。不同质地的衣服褶纹特点也不同：衬衣褶纹疏而长、棉袄褶纹密而短促、皮革外套转折分明、立体感强，作画时须根据服饰的质地作具体表现。

三、学生易犯的毛病

①形体刻板、生硬——此种情形往往表现在对象的外部轮廓缺少起伏顿挫的节奏与韵味。外部造型非常重要，脸部的起伏进退要适当加强，要有必要的张力，不要弄得面目平平，毫无生气。

②结构涣散、失序——此种情形多是因为部分之间没有一种内在的联系。五官部位应当环环相扣，互相牵引，其结构要紧凑，要体现出某种秩序感，避免结构散乱。

③色调单一，没有色调感——此种情形多为明暗关系混乱，又没有层次。要注意暗部不要画得过黑，应有微弱的光亮，反光部分要有一个相对较亮的地方，不可简单平涂，如此画面方有透明之感。整幅作品要讲究色调深浅轻重的合理分布和变化。

④画面灰腻，缺少对比——此种情形往往是由于表现手法单一，层次上没有变化与适度的反差，局部刻画时深浅轻重太过接近，缺乏必要的对比，尤其是亮部与暗部的对比，画面显得发灰、发霉，没有生动、鲜活的气象。

⑤画面过于简单，缺少精彩的细节——此种情形多是由于对形体结构的体悟不深，对对象形体结构的特有魅力把握不够，有些极有表现价值的细节，需有精细到位的刻画，不然画面就缺少了耐人寻味的东西。

⑥画面过于零乱、繁琐——此种情况是由于作画者对头与手各部分之间没有保持一种协调的关系所致。一幅画的效果取决于各个部分及各视觉要素间的综合效果，每个部分都不可能孤立存在，都要纳入画面的整体安排中，画面的整体关系至关重要，应力求避免各部分之间互不关联、零乱无序的现象。

四、半身人像写生步骤

半身人像写生方法与头像素描相同，主要运用线与明暗来表现形体与神情动态。由于人体结构比较复杂，在写生的开始阶段，必须抓住人物动态(头、颈、胸、腰的运动方向)，经过多次比较，确定各部分的比例关系，然后逐渐进入具体刻画。这个过程很重要，基本形和动态是否正确协调，决定着写生的成败。

其具体步骤如下：

一、画出头、肩、胸、手的大体位置及比例关系。

二、在基本形比例准确的基础上，画出头、肩、胸、腰的结构，手的姿势以及主要衣褶。

三、细节刻画，局部深入。局部深入应先主后次，从大的形体开始，如胸、腰、手臂的转折和形体特征，头、手的基本体面关系，服装质地、衣纹等，都应作具体交代。

四、整体调整。调整的目的是理顺局部与整体的关系，使形体动态完整明确，主次虚实有致，人物性格鲜明。

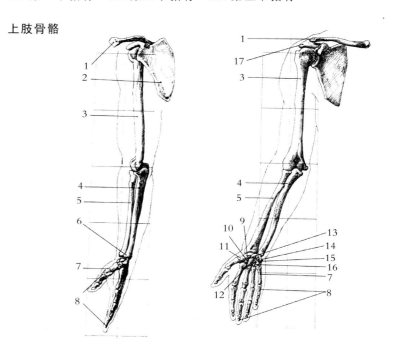

手部骨骼（背面）　　　手部骨骼（掌面）

1.尺骨小头　2.桡骨茎突　3.手舟骨　4.月骨　5.豌豆骨　6.三角骨　7.小多角骨　8.头状骨　9.大多角骨　10.钩骨　11.掌骨　12.指骨　13.第一掌骨　14.第五掌骨　15.籽骨　16.基节指骨　17.末节指骨　18.第一节指骨　19.第二节指骨　20.第三节指骨

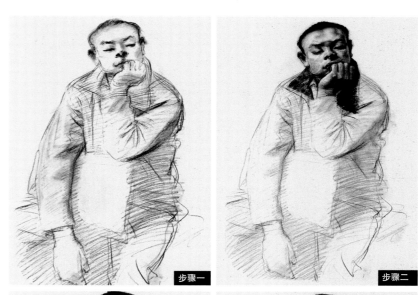

上肢骨骼

1.锁骨　2.肩胛骨　3.肱骨　4.尺骨　5.桡骨　6.尺骨小头　7.掌骨　8.指骨　9.手舟骨　10.小多角骨　11.大多角骨　12.头状骨　13.月骨　14.豌豆骨　15.三角骨　16.钩骨　17.肩峰

半身人像写生步骤

步骤一

步骤二

步骤三

步骤四

步骤一

步骤二

步骤三

步骤四

步骤一：这是一幅3/4侧面半身坐姿写生，一般3/4面是最容易出效果的角度，表现内容有着丰富的变化，容易塑造出强烈的体积感。首先仔细观察对象的身体特征及其坐姿形状，构图时注意上、下、左、右所留的距离要适当，避免构图太满或太空等现象。

步骤二：在第一步的基础上用简单的线条绘制对象的基本形，如头部、五官、手部和衣裤的外形，并初步交待整体的明暗交界线。

步骤三：深入刻画，明确头部、衣服、手部和大腿的基本形和结构，淡淡地交待出整体的明暗关系。

步骤四：局部调整，仔细刻画头和手，整体把握，加强对象的特征表现。

步骤一

步骤二

步骤三

步骤四

步骤一：构图合理，把模特的形象特点、动态特征以简单、明了的方式表达在画面上。

步骤二：调整画面，进一步明确和强化对象的黑、白、灰关系、空间体积关系。

步骤三：在第二步的基础上，深入塑造，重点刻画头部细节，防止平均对待。

步骤四：深入刻画手部，突出手的形体和动态，充分表现手掌、手腕、手指的各个体积结构和它们相互之间的关系，使之和谐、统一，完成画面。

>> 动态很舒展，是源自于考生对透视知识的理解和熟练运用，手和头的空间距离感表现得很好，人物深邃的眼神、冷漠的表情，紧闭的嘴唇，可以
看出作者在刻画人物的内心世界上下了功夫。

>> 画面很简洁，绘画技巧运用得很质朴，结构穿插很清楚，给人以自然流露的美感，简洁而不刻意。其实，准确到位地把握形体很不容易，能这样概括地画出形体则更难。

>> 这幅作品表现得肯定有力，轻松自如，作者没有沉迷于线条的铺排和色调的渲染，更多的是表现人物舒展的动态、浑厚的体积以及人物的重心和透视变化。

>> 这幅素描半身像,无论构图、空间、色调关系都处理得比较理想,一张三个小时的素描往往更能验证一个考生全面、成熟的绘画能力。模特微微上扬的头部变化处理得很自然,年龄的表现也简洁精彩,手和手腕的结构表现很准确。

>> 很讲究画面的构成，黑白两大块突显面面的构成美，人物动态自然，尤其在腿的处理上，笔墨不多，但契合整幅画面，双腿前后空间关系处理得很有办法，简单而随意的色调对比清晰、强烈。

>> 头和手应有的结构比例处理得很得体，造型严谨。画面反映的是仰视的角度，下巴越向上仰五官透视感越强，这是半身像素描中的较难表现的。
手和头的处理肯定有力，使形象得到了准确的展现，值得借鉴。

>> 画素描要注意提炼和取舍，做到整体统一，明暗交接线处理要考究。这幅作品体现了从头到胯的完整转折，突出的肘部引导了线条的变换，使形
体转折结构交待得十分清楚，边缘线处理得很有分寸，通过简单的线条体现了内部肌肉与骨骼之间相互的穿插变化关系，反映了考生对人体解剖
知识的高度理解。

>> 老人的形象不好捕捉，这幅作品对西装领带的直线条、松弛的皮肤、面部的表情等都处理得很冷静，用笔自信不犹豫，这是一幅很传神的作品。

>> 任何的角度都要画，这幅精致的作品，看得出学生理智地对待绘画的专业性问题。学生绘画时沉着冷静，运用简简单单的线条，把空间透视表现得十分准确。肩部的线条看得出他在反复地揣摩调整，力求完美。这幅作品用寥寥数笔的线条表现出来，实属不易，画面看上去很轻松，但却是经过艰苦的观察、训练画出来的。

>> 这幅作品很打动人，尽管手画得有点夸张、简单，但画面给人的感受很淳朴，手法干脆，不追求华而不实的东西。学生不断加强自身基本功的锻炼，就会更得心应手了。

>> 作品中综合运用了多种材料，如色粉、木炭条、炭铅笔等，作者用适合个人的手法，真诚而确切地表现对象，很好地掌握了材料为画面服务的原则。

>> 这是一个很理性的画面，很清晰的人物形体感充分地反映在整个轮廓线上，线条的走向直接表现了形体。头部处理干净利索，画得不多不杂，在关键的地方下力气深入描绘，充分展示了自己的形体塑造能力，是比较聪明的。

>> 这张画面上模特神态很打动人，让人过目不忘。头部画得很好，对五官的塑造很独到，一点也不啰嗦，下笔有神，不足的是衣服有点平均。

>> 对头、躯干、双手连贯的动态表达很明确，头靠后，手向前，动态自然，手法简约，对画面的明暗交界线，黑、白、灰的关系表现得很充分，在这样的前提下适当地加强表现力就更好了。

>> 画面很宁静，色调和谐，在整理细节时，突出了人物的主要特征，在对模特心理、眼神的刻画上使画面有了生命力，达到画面"尽精微至广大"的
   艺术效果。

>> 整体动态流畅，反映了考生把握大局的能力。画面处理得轻松而自信，头和手的刻画很成熟，说明该考生造型能力很突出。

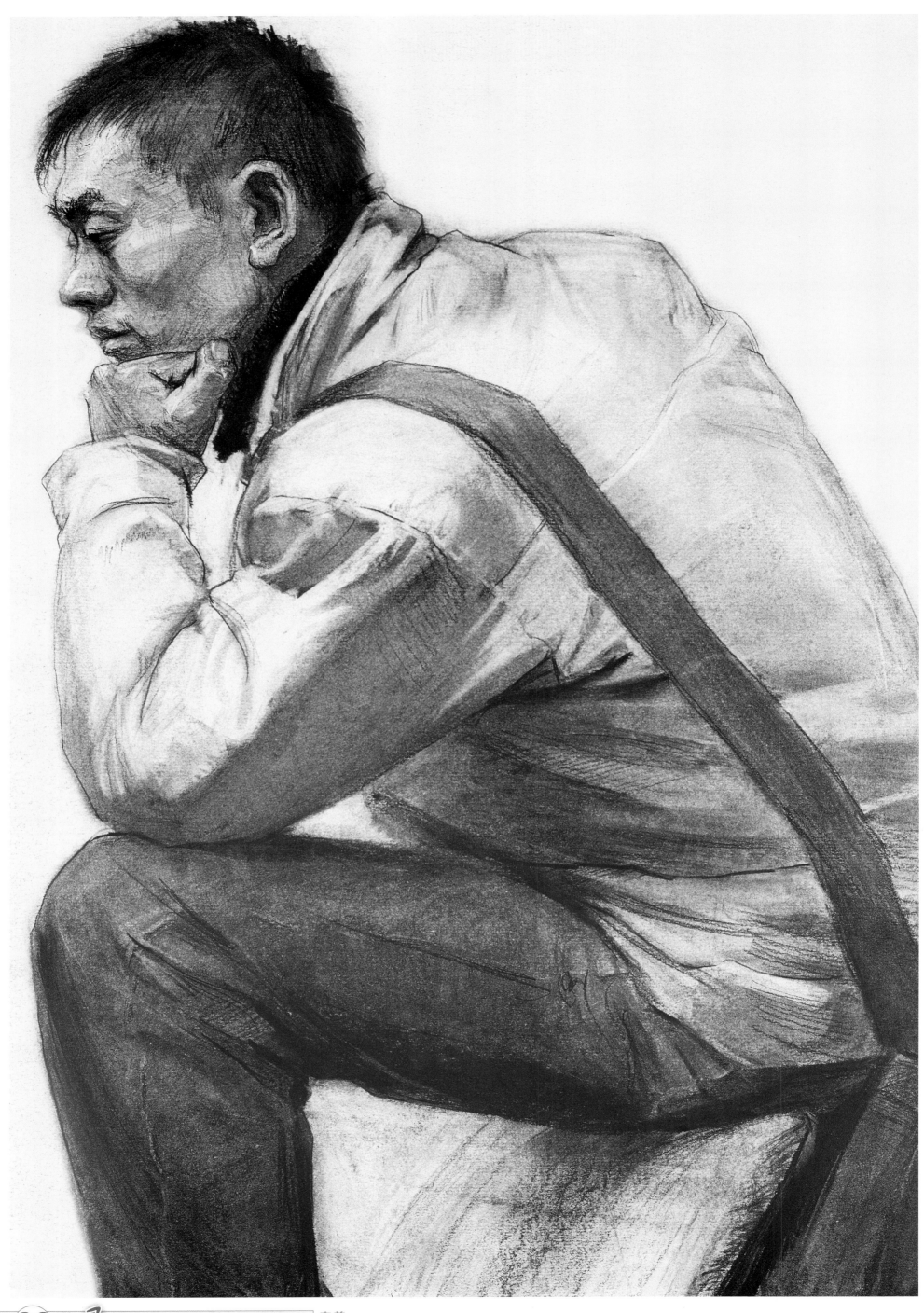

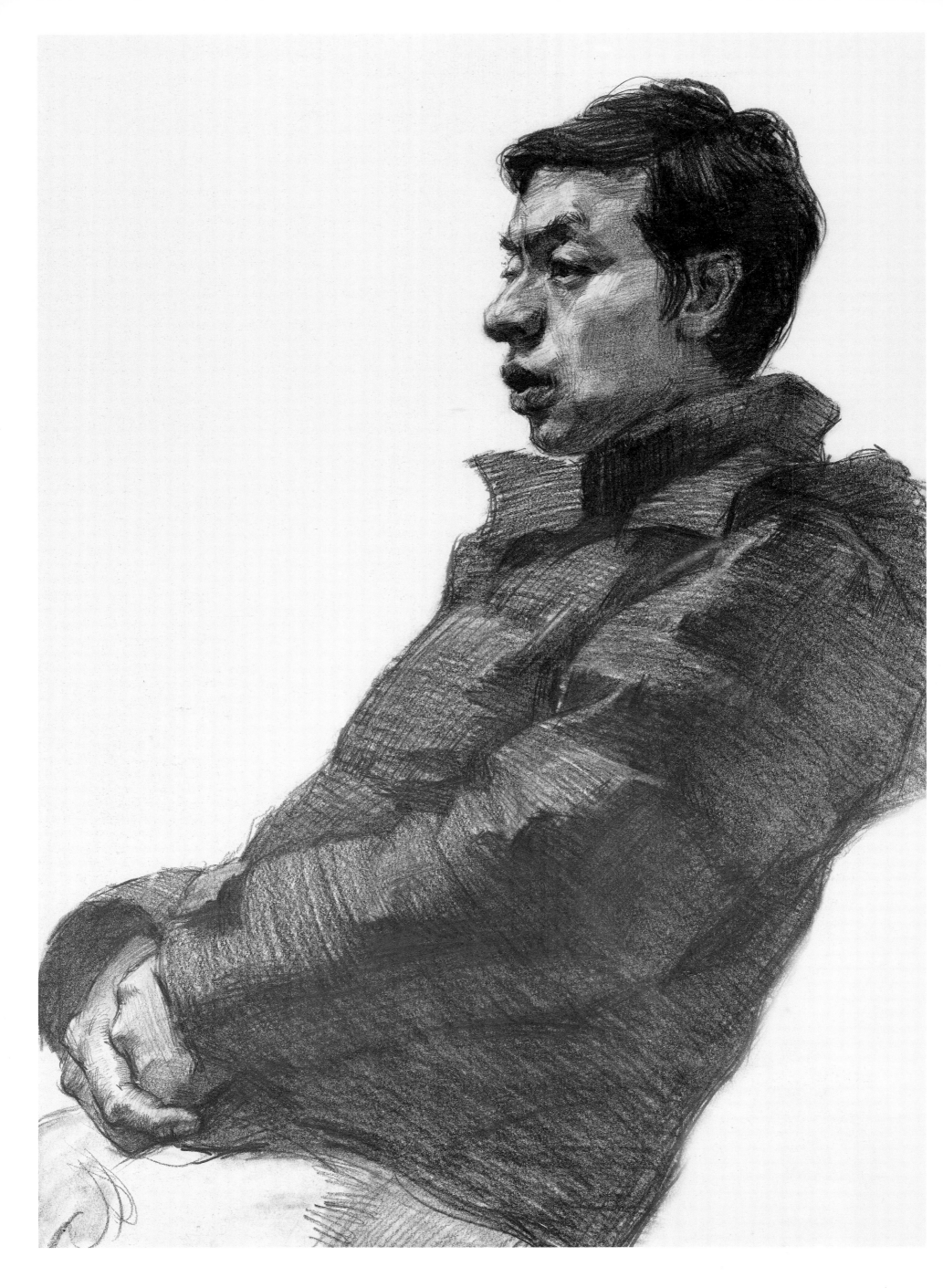

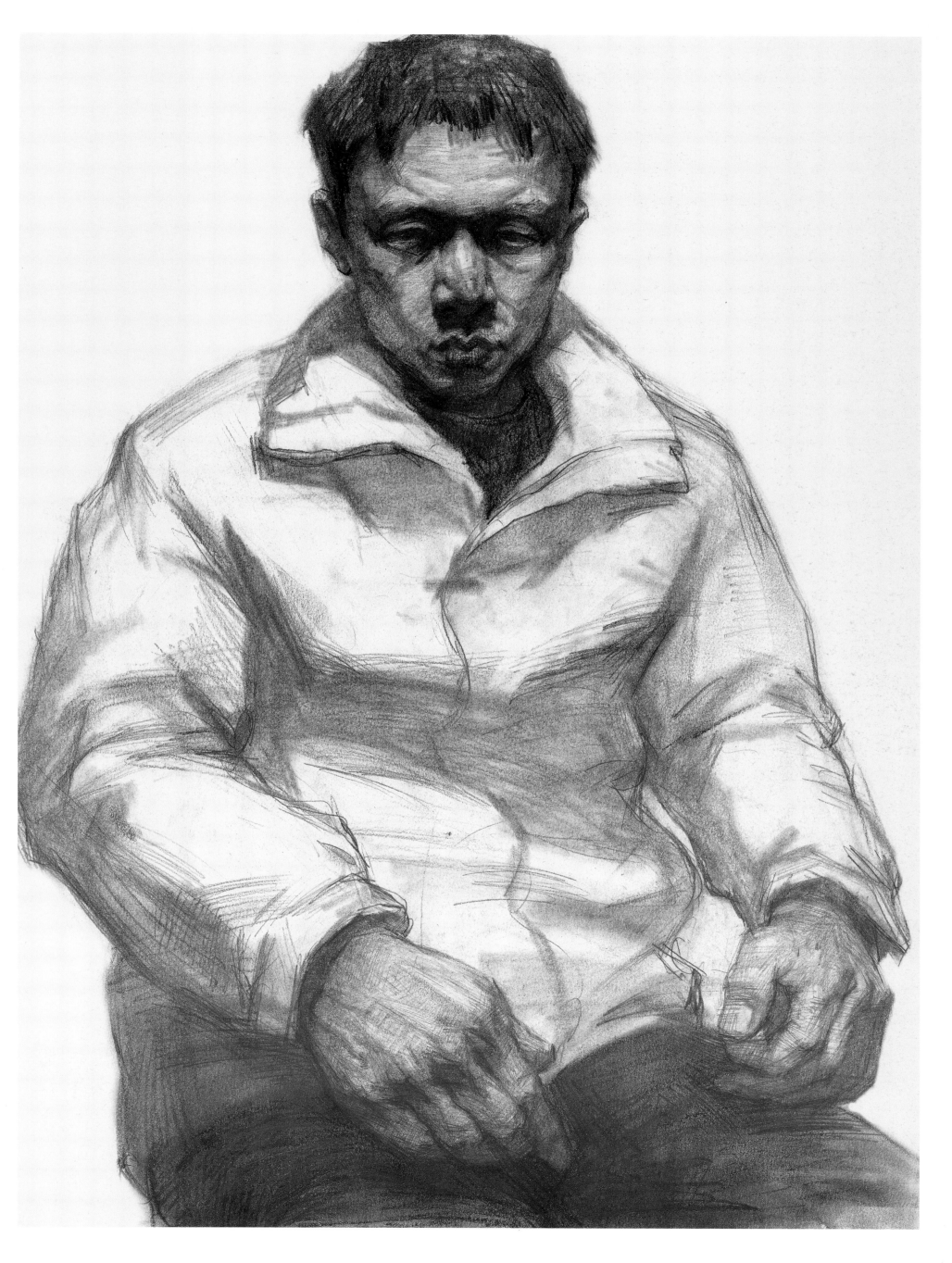

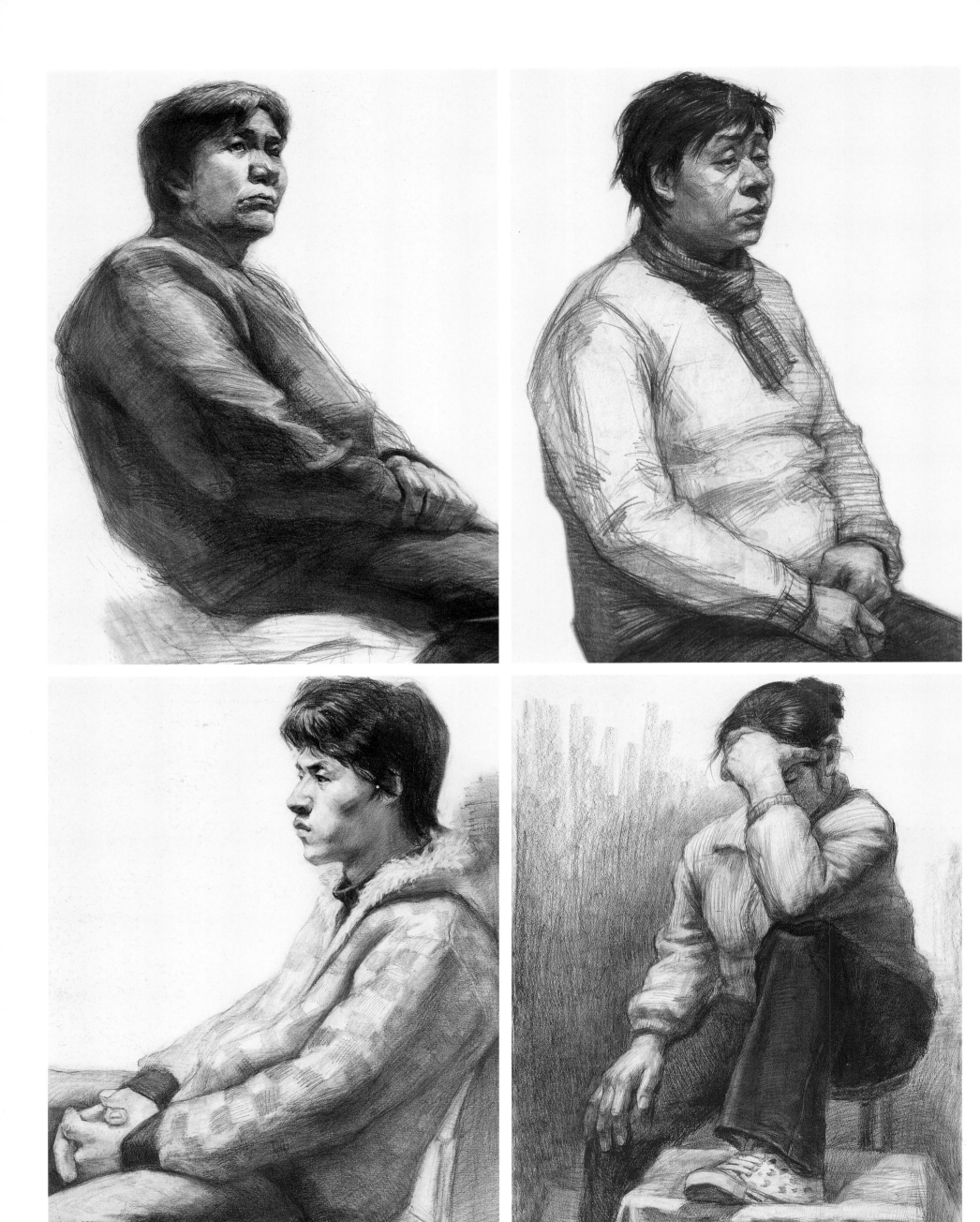

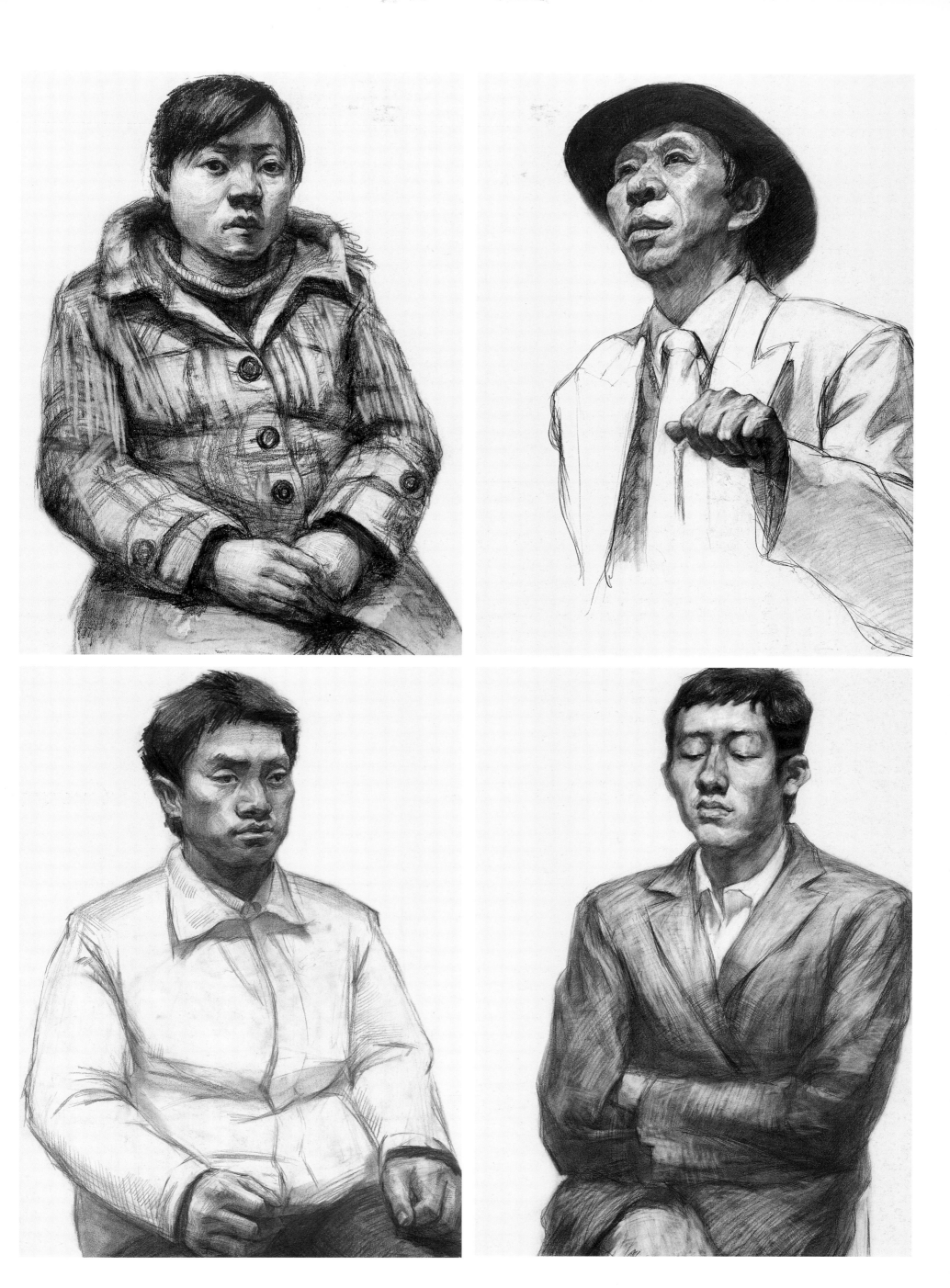